KB110005

해질녘에 아픈 사람

해질녘에 아픈 사람

신현림 시집

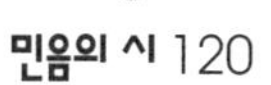

민음의 시 120

민음사

自序

우리는 얼마나 소심하고, 우리가 바라는 걸 노출하기를 꺼려하는가.
얼마나 많은 이들이 만족하지 못하고 살아가는가.

— 영화 「내가 쓴 것」에서

나는 바라는 모든 걸 살지 못했으나, 바라는 모든 걸 표현하고 싶었다.
때때로 상상과 환상의 날개를 달고 세상과의 로맨스로부터 시작된 나의 시.
따뜻하나 우울한 육체의 시. 누군가의 절망이며 열망일 것이다.

둘째 시집 『세기말 블루스』를 낸 지 팔 년이 흘렀다. 끝 간 데 없이 힘겨운
나날을 일중독으로 잘 살아냈고, 배우려고 하는 한 괴로운 체험도 버릴 게
없으며, 모든 이가 내 삶의 스승임을 깨달았다. 민음사와 정든 이들,
가족과 나의 딸 서윤에게 깊은 감사와 애정을 전한다.

전부 취향이 다르고, 그 다름을 인정하고 격려하기 힘든 이 세계에서
내 식대로 꿈꾸며 작업하기. 여전히 노자의 도덕경, 그 한 대목을 믿고
사모한다.

그는 만들어내지만 사유화(私有化)하지는 않고
그는 행동하지만, 아무것도 기대하지 않으며,
자신의 작품을 완성하더라도, 거기에 집착하지 않는다
그리고 거기에 집착하지 않는 까닭에,
그의 작품은 남을 것이다

신현림

차례

I 해질녘에 아픈 사람

II 싱글 맘

III 우울한 육체의 시

IV 한잔의 서울

V 너는 약해도 강하다

I

해질녘에 아픈 사람

흐느껴라, 노래하라, 타올라라

가난에 갇힌 것보다
힘없는 나라에 사는 일보다
체념에 익숙해지는 것이 더 서러워
슬픈 눈을 땅에 떨어뜨리며
늙은 아이들이 날아가고
새들은 땅속을 파 들어가고
오래된 건물을 뚫은 포도 넝쿨이
한스럽게 뻗쳐오른다
가난과 설움을 넘어
흐느껴라, 노래하라, 타올라라
허기진 생활의 멜로디여
아슬아슬한 나날의 쌀자루여
낡은 육신의 그물을 던지는 나와 너여

우울한 로맨스

—접촉

1998. 신천

세상이 뻰드르르한 시디 판처럼 편하게 돌지만 그래도 쓸쓸하오

저기 삐끼 친구가 매력적인 오리를 끌고 오오
사람 사이에 오리가 순수한 접촉을 만들 거요
순정한 접촉이 없는 곳에 어둠이 있고
그대가 없는 곳에 슬픈 바다가 있소

파도 소리마저 파묻고 눈보라 치는 날
나는 눈 사자를 끌고 가겠소
눈보라가 치는 날 추워도 춥지 않은 날
그대가 몹시 그리운 날

우울한 로맨스
—휘말려 가다

무섭게 흐르는 시간은 흐르지 않는 시간
달리는 바다는 달리지 않는 바다
시간이란 아예 없는 겁니다 최대의 재산인 꿈이 있을 뿐이죠
당신 체온이 필요합니다 애완동물처럼 사랑 받고 싶군요
오랜만에 달아오른 숨결을 느끼며 사과처럼 굴러보고 싶어요
당신 손이 내 몸 간질이면 까르르르 웃으며 샐비어꽃이 피고요
새로운 눈, 새로운 귀를 달고 나비처럼 사뿐 날아오르죠
당신과 함께라면 어디든 무서울 게 없답니다

배란기가 아니라면 당신은 사랑에 휘말렸군요

빚더미에 시달려 견디기 힘든 경우도 있지만
무엇에든 휘말려 지내지 않으면 인생은 견디기 힘들죠
난로처럼 빨갛게 몸을 달구며 춤추는 애들이나 누드, 웰빙 열풍을 보세요

요즘은 취업도 혁명인데, 춤추고 벗는 일도 혁명이군요

2003. 7. 양재

누구나 의미 있고, 겉보기 좋은 순간을 원하죠
하지만 쉽게 열광하고 금세 잊어가요
만사 일회용 그릇처럼 쉽게 버려지고
오직 잊는 일만 남을 때
당신은 무엇을 기억하나요?

그래도 살아야 할 이유

슬퍼하지 마세요
세상은 슬퍼하는 사람들로 가득하니까
자살한 장국영을 기억하고 싶어
영화 「아비정전」을 돌려 보니
다들 마네킹처럼 쓸쓸해 보이네요
다들 누군가와 함께 있고 싶어 해요

외롭지 않기 위해 외로워하고
아프지 않기 위해 아픈 사람들
따뜻한 밥 한 끼 먹지 못하고
전쟁으로 사스로 죽어가더니
우수수 머리 위로 떨어지는 자살자들
살기엔 너무 지치고, 휴식이 그리웠을 거예요
되는 일 없으면 고래들도 자살하는데
이해해 볼게요 가끔 저도 죽고 싶으니까요
그러나 죽지는 못해요 엄마는 아파서도 죽어서도 안 되죠
이 세상에 무얼 찾으러 왔는지도 아직 모르잖아요

마음을 주려 하면 사랑이 떠나듯
삶을 다시 시작하려 하면 절벽이 달려옵니다

시를 쓰려는데 두 살배기 딸이
함께 있자며 제 다릴 붙잡고 사이렌처럼 울어댑니다

당신도 매일 내리는 비를 맞으며 헤매는군요
저도, 홀로 어둠 속에 있습니다

해질녘에 아픈 사람

—세월아, 너도 아프냐 나도 아프다 나를 더 아프게 해라

오래된 꿈과 비밀을 간직한 부드러운 사람이고 싶어
부드러움은
망가진 것을 소생시킬 마지막 에너지라 믿어
밥, 사랑, 아이…… 부드러운 언어만으로도 눈부시다
삶이라는 물병이 단단해 보여도
금세 자루같이 늘어지고 얼마나 쉽게 뭉개지는지
그래서 위험해 그래서 흥미진진하지
전인권의 「사랑한 후에」를 들으며 눈부신 창을 본다

황혼 속에선 나는 남자도 여자도 아닌
일만 오천 년 전 라스코 동굴 벽화의 검은 황소다
황소를 그린 자의 마음이다
생존의 서러움이 득실거리는, 풍요를 기원하는 심정

막 희망의 빈민굴에서 빠져나온 사람이 있어
으리으리한 디지털 인간, 상추 한 잎만한 사람, 별게 아녔어
다들 부서지기 쉬운 밥그릇을 싣고 어디로 갈지 몰라 헤맨다
행복, 그게 뭔데? ……카푸치노 거품 같은 것

누군가 명품, 성형수술, 다이어트에 빠지는 동안
너는 죽음보다 깊은 외로움에 빠지거나
연애 골짜기에 빠지거나 독서에 빠질 거야

나는 유통기한이 없는 시의 마력에 빠져
천 년 후에도 다시 튼튼한 한국 여성으로 태어날 거야
너도 아프냐 나도 아프다 나를 더 아프게 해라
이렇게 되뇌며 언어의 엽총을 겨냥할 거야

너도 환장하겠니 나도 환장하겠다
뭔가 사무치는 게 있어야겠어
해방감을 주는 거, 징 하게 눈물 나는 거

해질녘에 아픈 사람

— 향수병

이제 떠나야 할 것 같네요
그대 해안가를 떠도는 것만으로 즐거웠어요
그대 외투 빛깔처럼 황토빛 바다를 보는 것만으로
그 바다에 내 얼굴 파묻고 웃고 운 것만으로

그대도 날 그리워할까요
언젠가 그대 향기 잊혀지겠죠
향수병에 담아두지 못했는데
그대 손 한번 잡지도 못했는데
그대 갈망, 슬픔도 껴안지 못했는데
그대가 믿는 모든 게 되고 싶었는데

먹고살기 참 힘들죠
밤새 일하느라 거친 손등 호박잎이구
거긴 밥만큼 따뜻한 얼굴이구
아아, 그새 정들었나 봐요
훌훌 떠나려네요
멀리 꽃나무가 흔들리네요
속절없이 바다가 나를 덮어가네요

해질녘에 아픈 사람

— 반달

추운 꽃이 내게 안겨오네
추운 길이 내게 밀려오네

배고프고 배고파서
북녘 애들 연변으로 도망치네
북녘 아이 노랫소리 사무치네

　　푸른 하늘 은하수 하얀 쪽배에
　　계수나무 한 나무 토끼 한 마리~

반달 노래 어머니 따라 부르시네
북녘에 남은 동생들 그리워 우시네

봉화처럼 타오르는 반달 노래
가슴을 태워가네 하늘을 찢어가네

웰빙 아버지

—엔조이나 하며 혼자 살고 말지, 재혼 생각은 왜 해
—엔조이라는 낚시바늘 쓰기가 쉬운 줄 아세요
  아버지 과식하지 마세요
—언제 과식하도록 사줘 봤어?
—ㅋㅋㅋ

아버지의 유머로 집 안은 아카시아 꽃냄새가 난다
이승의 어느 한때, 이 웃음은 희망의 등을 켠다
정치가로 사시면서 엄마를 벼랑까지 내모시더니
가게 돌보며 엄마 병 수발에 손수 요리와 청소,
아들 옷 다림질까지, 살림하신 지 십 년째

"나한테 요리 안 배우고 어딜 갔어
어서 와 밥 먹으렴 어떻든 자식에게
따스운 밥 해 먹이고 싶은 게 부모 맘이란다"
밖을 돌다 온 손녀와 딸 위해 저녁밥 지어주신
나의 웰빙 아버지
야아, 멋진 아카시아 꽃냄새 난다
방 안을 헤엄치는 푸른색 물고기 한 마리

나도 모른 너의 슬픔

그리운 모습은 날려 버리고
미련의 뿌리도 죄다 흔들어 버리고
하늘엔 울지 않으려고 흰 왜가리가 날았다

겨울 한파는 모두 너의 방으로 불어 닥쳤지만
너는 얼어 죽지 않았고
동쪽에서 서쪽으로 가는 동안
너는 늙지 않았고
마약은 하지 않아도
단지 말만 해도 마취되어 온 슬픔을 잊었다

영화 「브리짓 존스의 일기」를 보며
한물간 청춘이 어떻게 다시 돌아오는가 즐기고 즐겼다

전등도 음악도 끄고 모든 기대도 껐지만
목숨은 끊지 않았다
너는 죽어서 왜가리 친구가 되기보다
독하게 살아서, 너 없으면 못 살
중증 애정 결핍증 환자의 연인이 되기로 했다

가질 수 없는 건 상처랬죠?

가질 수 없는 건 상처랬죠?
닿지 않은 하늘
닿지 않는 사랑
방 두 칸짜리 집

절망의 아들인 포기가 가장 편하겠죠
아니, 그냥 흘러가는 거죠
뼈처럼 하얀 구름이 되는 거죠

가다 보면 흰 구름이 진흙 더미가 되기도 하고
흰 구름이 배가 되어 풍랑을 만나
흰 구름 외투를 입고
길가에 쓰러진 나를 발견하겠죠

나는 나를 깨워 이렇게 말하겠죠
"내가 나를 가질 수 없는데
내 것이 아닌 것을 가져서 뭐 하냐"고요

흐느끼는 키스

은은한 몸. 은은한 달빛 이불을 깔고 서로 쓰다듬지. 빵 같은 입을 먹어가는 키스. 둥근 바퀴 둥근 달 둥글게 원을 그리며 서로가 빨대가 되어 시간을 빨아들이는 쾌감. 흐느끼는 안개가 분홍빛 허벅지로 넘쳐가지. 수많은 장례식과 시든 꽃다발과 절박한 나날의 말뚝을 넘어 마음은 나비같이 가볍게 날아오르지. 피부 한 장으로, 혀와 혀로, 입술과 입술이 하나의 폭포가 되어 꿀같이 흐르는 기쁨. 너를 만나 나도 모르는 나의 뭔가를 깨닫는 행위. 잡고 싶어도 잡아지지 않는 손과 놓고 싶어도 놓아지지 않는 손이 만드는 하나의 섬. 섬 위로 흰 새 떼가 가득 날아오르지.

애정이 있어야 모든 게 잘되어 가는 불안한 육체. 내일은 좀 더 차분하고, 강해지겠지. 외로움을 따뜻하게 덥히며 좁은 삶의 골목길을 잠시 넓혀가겠지. 그래도 아무래도 세상끝인 것 같아. 지푸라기 육체. 몰락을 향해 미끄러지는 이곳. 조금씩 바다로 미끄러지는 몸. 우리밖에 없는 여긴 세상끝인 것 같아.

사랑

—무얼 원하는 거야?

무시무시하게 아름다운 사랑을 보고 싶어
영화 「감각의 제국」처럼 참혹한 끝장이 아닌
「사랑한다면 이들처럼」 같은 아련한 비극이 아닌
언제나 따뜻한 시작
커피와 크림의 관계, 바람과 연의 관계
오래 지속되는 애정을 갖고 싶어

—지속되는 건 바다 물결에서나 찾고
사랑처럼 진귀한 건
선사시대 두개골에서나 찾으라고

사랑 안에 들어가 살고 싶어
사랑으로 이승을 건너고 싶어
너에게 가는 내 손을
등잔이라고 해봐
함께할 모든 순간을 아침이라고 해봐

—그놈의 사랑 타령 지겹지도 않니?
밖엔 실업자가 폭설처럼 쌓였는데

내게서 돌아서지 못할 네가 그리워
내게서 치자꽃 냄새로 타는 신비함으로
모래 속에서 산토끼를 파내는 놀라움으로
너를 느끼고 싶어
내게서 떠나지 못할 너를 보고 싶어

—떠나지 않는 건 없어
집은 대지로 돌아가 나무가 되고
사람은 죽어 들녘의 벼로 자라나고
욕망은 슬픔으로 돌아가 시가 되고
돌아가지 않는 건 없다니까

고맙습니다, 따뜻한 시간 되세요

따뜻한 외투와 모자를 쓰면 바람이 불었고
따뜻한 가방을 메면 빵과 우유와 과일이 담겨 왔다
따뜻한 영화를 생각하면 비디오가 돌아가고

밥 딜런의 「유 빌롱 투 미」는
자동 응답기에서 융단처럼 펼쳐진다
"고맙습니다 좋은 시간 되세요"
군밤처럼 따뜻한 인사를 남기고
내가 만지면 기뻐 흐늘대는 문을 잠근다
아팠으나 따뜻했던 기억들이 떠밀려 온다

한겨울 유형지처럼 방은 추워도 책이 있어 아늑했지
아버지 어머니, 이만큼 따뜻한 이불도 없을 거야
형제자매들, 이만큼 아름다운 나무도 없을 거야
지긋지긋했던 다툼도 이젠 뼈아프게 그립다

보길도 쓸쓸한 시월 들녘 사람이 반가워 울던 황소
그 큰 눈망울처럼 서글픈 해가 질 때나
정선땅 굽이굽이 출렁이는 길 위에서
이 풍경이 바로 인생이야, 되뇌고

붉은 들꽃을 씹으며 목이 메어 나는 울었다

내 고향 부곡 역사(驛舍)와 철로 가에
눈이 퍼붓던 날을 생각해도 목이 메었다
목메게 아름다운 기억을 굴려가며
끝없는 시간, 끝없이 사라진 나날을 견딘다

정선의 황혼 아리랑

만나고 헤어져도
마음은 사랑의 수갑에 묶여 있네
아리랑 아리랑 아라리요

차 안에는 정선아리랑이 흐르고
산은 산마다 짙은 안개를 두르고
만나고 헤어지는 독한 울음 냄새
누군가 아우라지 강처럼 길게 울 것 같아
내 눈에 비바람이 흘러가네

고향 떠난 이들로 폐가는 더욱 깊게 무너져도
안개비 맞으며 다시 돌아온 이,
뛰노는 아이들로 마을이 되살아나네

구절리 폐광촌을 돌며
바람이 울부짖는 것이 몸이 춥고 늙는 것이
징처럼 서럽게 나를 깨우네
11월 정선은 가장 쓸쓸한 극락의 풍경이라
저승 간 이를 추억하고 사랑을 꿈꾸기 좋은 곳이라
꿈꾸는 만큼 몸이 차가워지네

1996. 11. 정선

만나고 헤어져 가도
우리는 그리움의 수갑에 묶여 있네
아리랑 아리랑 아라리요

아무것도 아니었지

너는 아무것도 아니었지
순식간에 불타는 장작이 되고
네 몸은 흰 연기로 흩어지리라

나도 아무것도 아니었지
일회용 건전지 버려지듯 쉽게 버려지고
마음만 지상에 남아 돌멩이로 구르리라

나는 아무것도 아니라도 괜찮아
옷에서 떨어진 단추라도 괜찮고
아파트 풀밭에 피어난 도라지라도 괜찮지

나는 아무것도 아닌 것의 힘을 알아
그 얇은 한지의 아름다움을
그 가는 거미줄의 힘을
그 가벼운 눈물의 무거움을

아무것도 아닌 것의 의미를 찾아가면
아무것도 아닌 슬픔이 더 깊은 의미를 만들고
더 깊게 지상에 뿌리를 박으리라

내가 아무것도 아니라고 느낄 때
비로소 아무것도 아닌 것에서
무엇이든 다시 시작하리라

정들 네게 이 노래 띄운다

얼음 위에 댓닢 자리 보아 님과 나와 얼어 죽을 망정
얼음 위에 댓닢 자리 보아 님과 나와 얼어 죽을 망정
정든 오늘 밤 더디 새오시라 더디 새오시라……

고려속요 「만전춘별사」가 좋아서
사랑의 절실함이 눈물겨워서
정들 네게 이 노래 띄운다
붉은 철쭉꽃 만발하는
운우지정이 아니어도 좋고
이별이 내일이어도 좋아
이 순간
함께하는 이 순간
너의 손
너의 입술
너의 말이 스치는 곳에
내가 숨 쉬고
먹고살 근심 속에
거울 보듯 마주하는 이 순간
시간은 멈추고
흰 눈
흰 싸리꽃 펄펄 날린다

당신도 꿈에서 살지 않나요?

토마토 주스를 마시고 저는 토마토가 되었습니다
거친 시계 소리 들으며 제 머리는 시계가 되었고요
바람 부는 마당에
당신은 하얀 빨래가 되어 흩날립니다

꿈이 빗나가는 세상에서
꿈속 세상이 있기에 나는 살아지는데
당신은 꿈마저 버려서 살아진다 합니다

버리고 버려서 하얗게 흩날릴 때마다
봄바람이 되고
빨간 수수밥이 되어
웃으시는 당신

어여 와, 밥 먹자구!

어디에도 없는 사람

나를 중심으로 도는 지구는
왜 이렇게 빨리 돌지
우리가 세상에 존재했었나
손 닿지 않는 꽃처럼 없는 듯 살다 가지만
눈에서 멀어지면 어디에도 없는 사람들 같아
생애는 상실의 필름 한 롤이었나
구불구불 뱀처럼 지나가지
그 쓸쓸한 필름 한 롤

불빛 환해도 길을 잃기 일쑤고
축제가 열린다지만
축구공만한 해는 내게 날아오지 않고
네 메일 왔나 클릭하면 스팸 메일만 가득하고
꿈꾸던 등대는 물살에 잠겨간다
더는 우릴 묶을 끈도 없이 되돌아올 것도 없이
창밖엔 흰 머리칼 더미가 휘날려 가

가혹한 세월에 축배
잊어도 기억나도 서글픈 옛 시절에 축배
지루하고 위험한 별거 생활에 건배

지치게 하는 것과 끊지 못하는
어정쩡한 자신이 몹시 싫은 날

할 수 있는 건 갈 데까지 가보는 거
피 토하듯 붉게 울어보는 거
또 다른 삶을 그리워하다
거미처럼 새까맣게 타서 죽어가는 거

꿈꾸기엔 늦지 않아

크게 심호흡을 한번 하고서,
그는 자신의 고독한 삶에 드리워진
슬픔에 대항했다. 울지 마, 이 멍청아!
죽기 아니면 살기잖아. 만사를 망쳐선 안 돼……
—솔 벨로의 「헤어초크」 초고 중에서

이 한 몸 뜨겁게 해다오
지푸라기처럼 힘없는 몸을
강렬히 살아 있다 느껴지게
꿈꾸기엔 늦지 않다 위로하게

나를 두렵게 하는 모든 것 속에서
불황과 실업의 소용돌이 속에서
모두가 떠나간 자리에서
나는 홀로 춥고 무섭다
옷장 속처럼 캄캄한 날에
내게서 해와 강물이 빠져나가고
내 안의 당신이 말라버린다

강렬히 살아 있다 느껴지게
꿈꾸기에 늦지 않다 위로하게
이 몸을 깃발처럼 흔들어다오
지쳐서 나로 느껴지지 않는 몸
바다든 언덕이든 뭐든 먹고 싶은 몸

미쳐 날뛰는 몸 굶주린 몸

열정의 산소호흡기로
은밀히 열렬히
다시 일어설 시간이다

Ⅱ

싱글 맘

혼자가 되면

혼자가 되면 슬픈 등에 꽃이 피고
혼자가 되면 맑은 거울같이 차분해지고
혼자가 되면 다들 철이 들겠지

헤어지는 게 힘들어서
계속 살다 남은 생의 실타래가 엉키는 건 싫었다
이제 애정은 다 써버린 생약이고
문제 해결은 문제의 시작이지만
인연의 종이배를 강에 띄워버린다

혼자가 되면 쓸쓸한 눈에 등댓불이 켜지고
화면에 아이콘이 가지런히 놓일 때처럼
내일을 제대로 클릭할 수 있을 거야
술보다 태양을 마시고 잘 살길 바래

부활절 종소리가 울리고
벚꽃잎이 나비처럼 훨훨 날고 있어

달콤한 육체

네게 비틀스와 아리랑을 들려줄까
어미가 좋아하는 노래들을
이승을 살아내는 가락이 얼마나 눈물겨우며
붙들 수 없는 시간 붙드는 노래가 얼마나 경이로운가를

너로 인해 나이 먹는 게 두렵지 않아
너로 인해 몸 가득 충전된 에너지를 느껴
너로 인해 믿을 수 없는 내일을 믿으며
너와 함께 다닌 박물관 기행 중에
천왕봉 가까이 지리산 자락 금대사를 기억하니?
영암의 토담과 군산의 까마귀 떼를

도서관에 앉으면 유난히 배 속을 울린
네 딸꾹질 소리 딸꾹딸꾹
뻐꾸기 소리처럼 뻐꾹뻐꾹
네 존재를 느끼며 다닌 곳곳마다 빛이 출렁였다

조금씩 서로를 발견하는 시간
칠 개월 때 찍은 네 초음파 사진을
만삭의 배에 붙여두고 나는 흥얼거린다

컴퓨터 화상에 물결치는 네 얼굴, 네 발, 네 손
젖가슴 아래 작은 발이 수초처럼 부드럽게 흔들리는
너, 너
너로 인해 사랑을 얻고
어미는 감미로운 족쇄에 묶여 노래한다

헝그리 정신

밥 속에 헝그리 정신 비벼 넣고
몸속에 헝그리 정신 채워 넣고
손에 헝그리 볼펜 감싸 쥐고
황홀하도록 고요한 도서실에 앉아
내가 할 수 있는 것이란
일하는 것밖에 없다
나는 일중독자 갈망하는 공부 중독자

가난의 마지막 지옥이 얼마나 무서운지 알아
공들이지 않은 실패가 얼마나 깊은 무덤인지 알아

불황이다 부정부패다, 부익부 빈익빈이다
이 세계를 견디게 하는 헝그리 정신
이승을 살며 저승을 지나기 위해
달콤해진 헝그리 정신
만삭의 아이와 함께 배고픈 날개를 달고
아으 다롱디리
헝그리 정신

싱글 맘

—술 마시고 간다

너를 위해 나를 위해
서러운 누군가를 위해
몹시 바람이 분다
우리의 숨결을 위해
신비한 힘이 흐르는 걸 느낀다
너는 따뜻한 물병 같아
깨질까 봐 조심조심 안고 가지
어미 품속에서 너는 웃지만
까만 네 눈 속에서 나는 울고
바다 속에서 시계도 울고
오래전 사람이던 얼음 물고기가 거리에서 녹는다
물인지 피인지, 기쁨인지 슬픔인지 모르게
네 체온 속에서 녹는 상처의 언 저수지……
단순한 생활이 있기까지 얼마나 복잡한 일이 많았나
너마저 없었다면 나는 견딜 수 있었을까
시원스러운 미래가 이제 보이려는가
누구든 취하지 않고는 견디기 힘든 날이 있지 않은가
바람 소주 마시며
내 딸을 안고 가는 새벽 한 시

싱글 맘

—술이 쏟아지는 샤워기처럼

수많은 이별이 슬픔을 만들고
수많은 눈물이 사람을 만들어간다
좋든 싫든 스위치를 켰다 끄듯이 사건은 터지고
우리네 사랑도 왔다 간다 그동안 내게도
백열등만한 아이가 자라 방을 비춘다

아가야, 엄마는 술이 필요하구나
생존의 회전목마를 돌리느라
오래된 와인처럼 자신을 가꾸지 못했구나
샤워기가 술을 거칠게 쏟아내듯이
다시 열렬한 청춘의 리듬을 타고 싶구나
아가야, 엄만 그리운 것이 많단다
군중, 사내 냄새, 여행, 따뜻한 돈……
사내, 사랑 있어도 없어도 골 아프고
제일 흥미진진한 사람은
우리 자신임을 기억하고 싶구나
어쨌든 삶은 아름다워야 하고
자주 영혼의 기척을 느껴야 한단다

아이와 「엄마야 누나야」를 함께 부르며

아름다운 밤거리에 몸을 맡기니
사방 천지 술이 내게로 흘러온다

싱글 맘

—엄마는 너를 업고 자전거 탄단다

올해 장미꽃이 몇 번 피었는지 아니?
이상 기온으로 네 번 피고 졌단다
이상 기온으로 태풍이 자주 와도 두렵지 않단다
우리 아가와 폭탄의 차이는
가슴에 품고 싶다 품기 싫다는 거고
전쟁이나 대구 참사처럼 사람이 만든 재앙은
어미가 막을 순 없지만
네가 그린 코끼리를 하늘로 띄울 수 있고
어미의 눈물로 한 사발 밥을 만들 수 있고
어미의 배터리가 다 될 때까지
희망의 폭동을 일으킬 수 있지
고향 저수지를 보면 나는 멋진 쏘가리가 되고
너를 보면 섬이 된단다
너라는 근사한 바다를 헤엄치는 섬

포대기를 두르고 한 몸이 되어
자전거를 타면 어디든 갈 것 같지
내 몸속에 번진 너의 체온
향기가 퍼지는 구름같이
모든 것의 시작을 뜻하지

너와 있으면 뭐든 바꿀 수 있고
맨날 어미는 다시 태어난단다

싱글 맘

—원더풀 마이 라이프

밥 끓는 소리처럼 많은 생각이 들끓고
신문 기사가 떠오르면 우울도 짙게 흐른다
"한국 부모들은 자식의 행복보다 성공에 집착"
"부동산 잡는다고? 불황에 믿을 건 부동산"
"고구려 유적 복원으로 중국사의 일부라 주장"
"부부 스와핑…… 전국에 6천여 쌍"
설거지통에 쌓인 그릇들보다 너저분한 게 욕망이구나
열세 통의 통화를 하며 병원을 들락거린 오늘
다른 생을 살고 싶다는 바람 속에
자잘한 일들을 거두며 내 몸도 닳아지리
"삶을 단순하게, 더욱 단순하게 만들 것"
소로의 말을 소처럼 되새김질하며
할 일을 메모해 둔다
리셋 버튼을 누르면 다시 기억나게

원더풀 마이 라이프…… 북극이 계속 녹듯이
계속된 가사와 육아, 그 단단한 얼음덩이가
매일 넓칠지라노 설망하지 말 것
달이 몸속에 들어온 듯 환하고 느긋하게 살며
유인 우주선을 띄우듯 상상력을 띄워 더 많이 탐구하고

더 많은 것을 보고 더 많은 느낌을 기록할 것
생존의 알람 시계가 절박하게 울어도 꿰뚫고 갈 것
지금밖에 할 수 없는 일을
총체적 슬픔과 우울을
내게 오는 모든 찬스와
나도 힘든 내 자신을

싱글 맘

—스텝 패밀리를 생각한 아침

너무 많은 괴로움이 나를 다스렸다
괴로움도 각목처럼 단단해지면
그것에 얽매인 때가 얼마나 시시한가
힘든 사건의 비바람이 그치고
칠이 벗겨진 벽처럼 담담히 서서
혼자된 나는 마악 깨어난 딸을 안는다

"엄마한테만큼은 넌 신서윤이야"
어차피 너는 하나님의 자식이란다
나중에 새아빠 만들어줄게
스스로 강을 만들어 물과 먹이를 나르고
아주 순하고, 품 크고, 존경의 그물을 드리울 사람
바람기만 없다면 휴 그랜트처럼 널널해도 좋단다

과연 그런 사람이 있을까
내게 그런 사랑이 올까
행운 정거장에 바람이 불까

측은지심 운우지정*

창밖으로 흰 눈이 날리네
병원 침대 깊숙이 가라앉은 몸
몸 위를 질러가는 추위
머릿속까지 흰 눈이 몰려들어 자꾸 눈물이 흘렀네
바다 묘지에서 불어오는 찬 바람 홀로 잠재우네

잘못 맨 구두끈처럼 한번 어긋나면 관계는 불편하네
이제 사랑의 시작인 줄 알았는데
벌써 수평선처럼 끝을 보이며 울렁거리네
내가 아는 인연은 전생의 원수끼리 만난
측은지심 운우지정인 듯싶네
이마저 사라지면
인연의 연을 끌어내려야 맞을 거네

흰 눈은 열 속의 기름처럼 흐느끼고
마음은 쓸쓸함 속에서 우네
창밖에 눈보라가 퍼붓네

* 惻隱之心 雲雨之情. 서로 불쌍히 여기며 깊게 나누는 속정.

낙태

동백꽃처럼 새빨간 아이였지
배 속에서 두 달을 산 내 아이
너는 돌고래처럼
자궁의 해안가를 멋지게 헤엄쳤다
신기했어 손 닿을 수 없는 네가
따스했어 체온을 전하는 네 움직임이

슬픔이 없는 슬픔 속으로
죽음이 없는 죽음 속으로 너를 보냈지만
장자(莊子)는 "죽은 아기의 생명보다
장수한 생명도 없다"고 했지만
서랍을 여닫는 일처럼 간단하지가 않아
지친 삶을 견디기 위해 너를 보내고
망각의 언덕을 넘고 넘지만

네가 숨 쉬는 걸 느껴
신호등처럼 눈 뜨는 걸
산지사방에서 우는 걸
쾅쾅, 가슴에 못 박고

내가 죽인
내 아기

창 너머 신생아실

거대한 어항 같은
신생아실 앞에서 나의 아가
나의 죽고 산 삶이 호명될 때까지
바다를 보며 기다렸다
폭우 속에서 섬들이 바다를 흘리며 울었다
바람 부는 창 너머 아기를 바라다봤다
그토록 원했던 내 딸 내 분신
바다보다 강인하게 키우고 싶은 내 딸

갑자기
깊이 패인 배 속으로 애를 도로 집어넣고 싶었다
아가아가아가야
넌 저 폭풍 치는 바다와
여자와 여자의 국경을 뛰어넘을 수 있겠니
이곳은 전쟁과 테러, 폭력 가득한 무대인데
배고픈 바닷새 울어대는, 그 속을 뚫고 가야 하는데
오늘의 근심을 잊고 내일의 근심도 잊고
어지러운 파도를 넘을 수 있겠니
차디찬 폭우의 바다가 덮쳐 와도 견딜 수 있겠니
창, 창, 창,

창창한 미래를 꿈꿀 수 있겠니

창에 비친 나는
늙어버린 아기로 변해 있었다

그해, 네 마음의 겨울 자동차

달팽이처럼 웅크리고 앉은
네 마음속에 누가 살지?
서글픈 여자, 헤매는 여자, 출구 찾는 여자,
따뜻한 연애 상상도 해보지만 다 배부른 얘기
죽도록 일만 하다가
관짝 하나로 비로소 휴식을 얻겠지
진통제 먹으며 나는 두통이 멈추길 기다린다
마음은 자주 강바닥처럼 어둡다
여자에게 독신은 홀로 광야에서 우는 일이고
결혼은 홀로 한 평짜리 감옥에서 우는 일이 아닐까
남자들은 어떤 느낌일까 이런 느낌을 알까

빌딩 옥상에서 거리를 내려다보듯 아찔하지
이혼할 위험도 묘비같이 많고
서로 좋다가도 다투면 앞으로 어찌 사나 싶고
그러려니 생각하며 살다가도
제도 속 당연한 일은 하나도 당연하지가 않아

관계와 관계로 팔과 팔다리로 얽혀 있다
살아온 세상이 너무 다르다

고풍적인 여인의 지도대로 달려야 편안한데
홀가분한 바다로 뛰어드는
네 마음의 겨울 자동차

여자의 집으로 가는 길

가정 법률 상담소를 다녀오는 길
겨울 하늘을 나는 청둥오리 한 쌍을 보았다
거리를 지키며 날아가는 균형감이 놀라웠다
지옥에나 있을 괴로운 사건도 없이
가족의 둥근 고리를 만들어갔다

반대쪽에 있었다
황혼 이혼을 하러 온 칠순 할머니나
나나 스스로 어둠을 살면서
물과 해가 끓는 곳을 보지 못하고
마룻바닥을 지날 때처럼
삐걱거리는 소리를 먹으며
결혼에 잔뜩 병들어서
이제 구멍을 내려는 거다

구멍 난 하늘에서
푸른 사과들이 떨어지고 있었다

부엌

세상의 남자들, 당신들은 잘 모를 거야
깊이 생각하지 않았을 거야
모든 어머니의 유적지인 부엌을
바람 부는 밥상 일구는 노동과 피로를

부엌은 고래 같아
하루 종일 고래 입을 닫고
요리하고 설거지하는 여인을 상상해 봐
마실 술이 없을 때처럼 여자 없을 때도 생각하고
고래 속 여자가 얼마나 작아지는지
얼마나 답답하고 고무장갑처럼 쓸쓸해지는지

세상이 바뀌어도 여전히
밥물 속으로 항해를 떠난 여인
고래의 바다를 씻는 여인
고래 입 속에서 하얀 알같이 쏟아지는 여인
그리고 그리고 언제나

하수구로 시들어버린 한 여인이 흘러간다

순정 만화에 중독되겠네

메리엔 페이스풀 목소리같이 감미로운 순정 만화를 읽다 보면 창이 없어도 창이 보이고, 술 안 마셔도 취할 수 있고, 허, 좋네.

「캥거루를 위하여」, 「세상에서 가장 아름다운 음악」을 번갈아 보면 바다풀처럼 부드럽게 흔들리는 그림의 곡선. 사뿐사뿐 뛰는 고양이 발자국 같은 대화, 사탕처럼 달콤한 말들. 허, 시계추처럼 마음이 흔들리는군.

만화는 단추만한 구멍을 뚫어 여유로운 바람을 불어넣는군. '내가 좋아하는 건 너뿐'이란 말에 사랑 받는 기분에 휩싸여 오전 열한 시에 쏟아지는 햇살같이 따뜻하고, 창밖 행인들이 아름다워 뵈는군. 시냇물엔 하얀 벚꽃잎이 쌓여 흐르고 봄바람에 보들보들 길이 미끄러지는군.

사랑이 올 때

그리운 손길은
가랑비같이 다가오리
흐드러지게 장미가 필 땐
시드는 걸 생각지 않고

술 마실 때
취해 쓰러지는 걸 염려치 않고
사랑이 올 때
떠나는 걸 두려워하지 않으리

봄바람이 온몸 부풀려갈 때
세월 가는 걸 아파하지 않으리
오늘같이 젊은 날, 더 이상 없으리

아무런 기대 없이 맞이하고
아무런 기약 없이 헤어져도
봉숭아 꽃물처럼 기뻐
서로가 서로를 물들여 가리

Ⅲ

우울한 육체의 시

굿 나잇 수음

내가 스무 살 때
독서실에서 남학생이 수음하는 걸 보았다
굿 나잇 수음이군 건강 유지용 운동,
하며 모른 체했어야 했는데
나는 무서워 도망쳐 나왔더랬다
이상하게 생긴 막대기
처음 본 거라 구역질이 났었다

얇은 진흙 아래 숨은 욕망의 드릴
곶감을 꿰뚫은 꼬챙이처럼
다들 꿰뚫고 싶은 거야
지루한 시간을 꿰뚫고
기다리며 늙어가는 꿈을 꿰뚫고
허망한 육체의 시로 인생을 꿰뚫는 거
다 살기 위한 사업이지

그럼, 열심히 해봐
굿 나잇 수음

우울한 육체의 시

—생각이 많은 몸

열일곱의 몸은
은비늘 휘날리는 청어처럼 이쁘고
스물넷의 몸은 대리석처럼 맑고
스물아홉의 몸에 황혼이 물들면
푸른 녹차 냄새가 나오
서른에서 마흔, 마흔에서 쉰 살의 몸
늙어가는 몸을 추하다고 생각지 마오
단지 서러울 뿐
서럽게 익어가며 스러지는
사람의 육체는 얼마나 아름답소

벨벳처럼 부드러운 어둠 속에 내가 있소
여자의 몸보다 사람의 몸이길 바라는 내가 있소
무서운 속도로 흘러가는 세월에 대해
동전의 양면처럼 붙은 고통과 열정에 대해
사방이 흔들거리는 듯한 불안에 대해

저항하고 끌어안고 폭발하는 몸이 있소
당신을 잡고 싶고, 놓고 싶은 몸

자유롭고 싶은 몸
생각이 많은 내 몸이 있소

우울한 육체의 시

—고통 받는 모든 인간은 고기다*

나보다 오래 남을 빌딩 고기 앞에서
쉬고 싶은 몸은 사이렌처럼 운다
도시는 거대한 고기 창고다
더 많은 인간이 더 많은 쓰레기를 남기며
더 많은 아파트를 짓기 위해
더 많은 산과 들을 밀어버린
도시라는 샌드페이퍼
쓸쓸히 떠밀려 가는
질기고 슬픈 인간 고기들
건물 유리창에 비친 내 모습이 낯설어
밥그릇만큼 커져가는 두 눈에
흰 메밀꽃 가득 피어 운다

이곳이 아닌 곳을 그리워하는 눈 속에

* 화가 프랜시스 베이컨의 말.

1999. 신천

우울한 육체의 시

—비누 구름

벤자민고무나무 아래
부드러운 쳇 베이커의 노래와
세상 밖으로 끌고 가는 애무 속에서
몸은 비누처럼 매끄러운 감촉에 젖는다
다리 사이에 피어나는 구름 속으로
잔뜩 부푼 손이 밀려와도
두려움이 떠나질 않는다

태풍으로 백이십여 명이 사망했다
떠나면서 떠날 수 없는 마음만 남고
잊으면서 잊지 못할 추억으로 견디는 게 삶이라면
취업 대란의 하루를 무사히 넘기는 게 오늘이라면
날이 샐 때까지
눈물 대신 달콤한 사랑의 시럽이 흐르길
가슴엔 알짜배기 백조의 호수가 흐르길

창밖엔 구름 기차가 쉬다 가리니

비디오 여자

왠지 일어나고 싶지 않아
휴일 날 종일 물개처럼 누워 비디오를 틀고
시간이 안 아까운 영화를 본다
「헤드윅」, 「바다 냄새 나는 여인」을 보며
어떤 식으로 살든 인생은 바다 물결이라고 생각했다
흰 드레스처럼 펄럭이는 파도에 지나지 않는다고
바다를 많이 보면 오징어가 되고
비디오를 많이 보면 비디오 테이프가 된다
비디오 테이프 같은 관짝 하나 얻고 사라진다
그래도 비디오를 보지 않으면 안 돼
영화가 주는 위안은 때때로 놀라워서
그 어디에 누구든 고민이 많구나 싶어 마음이 편해진다
인생이 영화같이 흘러가는 이미지여도
먹물 토하고 달아나는 오징어라고
오,
징 한
어머니 눈물 같은 거

디카로 찍은 거리 사진

더 이상 나의 몸에
내가 살지 않는 것 같다
집과 회사가, 출근길 전철이
나를 공처럼 주고받는다
나는 늙어간다 지쳐간다

반복되는 매일의 이미지는
죽음을 찍은 스냅 사진 같아
그 무엇도 없는
황톳물만 흐르는 거리의 사진
거리에 대고 소리치고 싶던
거리를 뒤엎어 버리고 싶던 사진

나의 삶 자체가 하나의 억지인지도 몰라
세상의 빵틀에서 밀려나지 않으려는
조용한 발악이고 습관이어서
몸 자체가 긴장과 두려움이지

하수구처럼 피로한 눈과
정육점을 닮아가는 나의 얼굴이

현재의 카메라에 찍힌다
도처에 널린 내가 찍힌다

아이스크림 언덕

왜 붉은 모래가 쏟아지지
……아, 햇빛이군
행복한 하루의 시작……
행복이란 말은 빼주게
너무나 먹고 싶은 구름 같은 말
있어도 금세 없어질까 두렵네

전기톱 소리가 나는군
저 나무가 다 베어지면 여길 떠날 거네
자꾸 잠이 와 이불만 거북 등처럼 든든하고
몸은 곡식이 다 빠져나간 창고네
무력감도 곡식인지 모르네만
정욕도 없어지고
뭘 봐도 크게 슬프지 않아 슬프네
몸만 아이스크림처럼 천천히 녹아가네
어느새 내 인생 삼십오 년이 가버렸군
나를 입던 옷들도 바다로 떠내려가네

어서 뭔가 해야 하는데
누가 나를 일으켜주었으면 좋겠네

어디 기댈 언덕이라도 있으면
누가 내 희망의 끝장을 내든가

젖가슴

그녀의 젖가슴에 가만 귀를 대어보면
물소리가 들린다 온천수가 끓듯이
뜨겁고 길게 물소리가 운다

사내는 부드럽게 애무하며
자신을 위한 젖가슴이라 말한다
사내와 그녀의 아이가 태어나 젖을 빨 때
그녀의 젖가슴은 가장 아름다웠다
사내와 그녀의 아이를 위해
다 내어준 젖가슴
암에 걸려 하나를 잘라냈다
쭈글쭈글한 가지처럼 슬픈 젖가슴

그녀를 위해 나는 하얀 실로 젖가슴을 짠다
모유로 된 실이 줄줄 손가락에 딸려 올 때
잃어버린 젖무덤 같은 태양이
수평선을 물들이며 울고 있다

해질녘에 아픈 사람

—보행 명상

어느 해 가을 자전거를 타다
마티즈의 실수로 6주 진단을 받은 내가
주일 교통사고 사망자에
안 낀 것만 해도 다행이라 생각했다

송화 날리는 봄날
와인 두 잔으로 목 디스크 통증 가라앉히니
세상은 참 느리게 흐르고
붉은 등 같은 두 눈에 눈물 흘러서
보행 명상엔 더없이 좋았다

절묘한 사고들로 큰 불운을 액땜하며
뜨거운 물리치료에 저녁 해는 다 지고
미칠미칠 미칠 듯이 봄바람만 부는데

천천히 나를 타이르며 천천히 걸었다
더 기쁘기 위해 슬픈 연꽃을 받고
더 나은 내일을 위해 시련을 안고
더 깊어지기 위해
괴로운 뿌리는 강으로 뻗어간다고

기꺼이 하는 일엔 행운이 따르죠

음악을 진하게 틀어요
라일락 향기 퍼지듯이
명상 음악을 징 하게 틀고
천천히 춤을 추듯 나는 요가를 하죠
자꾸 눕고 싶죠 일어나기 싫죠
푹 꺼지는 빈 자루의 자신을 보고 싶나요
나는 나를 바꾸고 싶어
파도처럼 몸부림치죠
당신은 당신을 바꾸고 싶지 않나요?
기꺼이 하는 일엔 행운이 따르죠
잘될 거야, 잘되고 말 거야! 외쳐보고
기꺼이 하는 일엔
온 하늘이 열리고
온 바다가 출렁이고
오렌지 태양이 떠올라요!

Ⅳ

한잔의 서울

한잔의 서울을 들이마시오

나무마저 없다면 이곳은 딱딱한 피자 한 덩이요
삭막하오 요즘 사람들은 폭탄 같소 성이 나 있소
마음 못 다스리는 나도 죄인이지만
부익부 빈익빈 골짜기를 더 깊게 만든
그대들의 죄업도 심각하오
"사람들은 가슴 밑바닥서부터
'나는 죄가 없다' 고 생각한다"는 카뮈의 말을 실감하오
잘못을 인정하는 솔직함도 어둠 속에 길을 내는 건데
마음은 코끼리 가죽처럼 두꺼워지고 뻔뻔해지오

잠시 정전된 을지로 지하

갑자기 내 걷던 자리가 정전이 되었다
바다 속 같은 침묵이 주변을 휘감아 갔다
일순간 어둠이 지하도를 덮자
낯선 쾌감에 몸을 떨었다
왜 이 상태가 불안하기보다 경이로울까?
수도원처럼 고요한 상태
어쩌면 나는
가장 단순한 상태로 돌아가고 싶은 것이다
살이 썩어 흰 뼈만 남듯이
복잡한 도시를 이해하기 위해
모든 전등을 끄고 싶듯이
단순함의 가치를 생각한다
걷고, 보고, 숨 쉬고, 마시고
텅 빈 방, 텅 빈 컵, 물과 바람 소리
단순함 속에 보이는 인생의 핵심
다시 시작하는 발길
하나, 둘……
지하도는 다시
들꽃 만발한 벌판처럼 환해졌다

2001. 을지로

눈 오는 카페

세 시간째 눈보라가 휘몰아친다
하얗게 뒤집어쓴 빌딩은 거대한 아이스박스다
카페에서 나는 사람들과 차를 마시고 있다
다들 웃고 있지만 간간이 어색한 침묵이 흐른다
눈보라가 몰아치는 내 가슴에 대고 물었다

죽음의 승차권을 가진
우리는 가장 가까운 사인데
왜 가까워지기 힘든가?

창밖에 술 취한 사람들이 웃으며 몰려간다
비명 소리처럼 날카롭게 울리는 웃음소리
술 마시지 않고 이곳을 견디기 힘들지 모른다

사람이 그리워 왔지만
사람을 만나 다치고 여기를 빠져나간다
그곳이 보이지 않을 때까지 눈보라가 휘몰아친다

1998. 신천

황사 바람 부는 날

황사 바람이 부는 세상은 이승이 아닌 듯 기묘하다
갈 때가 되면 가는 게 집으로 가는 길이요
나에게 가는 길일 것이다
오늘 내 집은 이 바람 속인 것만 같다

저녁 다섯 시의 거리엔 행인들이 없고
술잔 속에도 황사 바람이 분다
죽음의 흙먼지가 달콤해질 때까지
식탁 위에 구워져 나온 물고기
흰 버선처럼 선이 고와 먹을 수 없지
깊은 맛을 우려낸 쓸쓸함처럼
알탕이 끓고 푸른 배추잎에 맺힌
물방울에 그리운 모습들이 비친다

오랜만에 사람들과 함께한 저녁 식사는
이 저녁에만 느낄 따뜻함일지 모른다
얼굴에 젖는 축축한 어둠마저 훈훈한 건
이 순간뿐일지 모르지

두려움이 날 살게 하는 힘이라 느끼자

그 무엇도 두렵지 않고
술잔에 초저녁 흰 달이 뜬다

청계천에서 멈춰 서다

끈끈한 갈색 시럽처럼 매연이 얼굴에 달라붙는다
그 속에서 가로수가 흐르고 차가 흘러간다
끝없는 흐름은 꿈속 세계처럼 몽롱하다
몸이 둥둥 떠 가고 무언가 내 뒤를 쫓아오는 기분이 든다
아, 내 그림자였나
내일을 놓치는 게 두려운 듯 달리는 사람들 속에
뭐든 놓쳐도 괜찮다는 기분으로 멈춰 섰다
조선풍 옷차림을 한 분이 내 앞에 서 계셨다
할아버지, 너무 땅에 깊이 박히셨어요
아니,
제대로 박히지 않아 불안해 보였던 거군요
가만가만 서해 바다에서 본 듯한 조개를 주웠다
내 손에서 조개가 숨을 쉬었다
물과 흙 없이도 숨 쉬는 게 가슴을 찢듯 아름답군요
제대로 뿌리 박히지 못한 건 할아버지만이 아닙니다

1997. 8. 청계천

즐거운 지하철

순환선을 타고 나는 세 시간 동안 갔다
긴 편지를 쓰듯 달리는 지하철에서
아주 짧은 책을 읽고 싶었다
거듭거듭 읽고 싶어 몸이 달았다
즐거운 이 여행이 계속되는 동안
줄기차게 펌프질하는 서울의 심장 속으로
피처럼 흘러가고 흘러오는 사람들
마치 회오리 바람에 휩싸인 느낌이었다
사람들이 모인 곳에 바람이 안 분 적이 있던가
점점 더 많은 얼굴들이 펄럭이고
한번 의식하니 소음과 먼지는 더 거칠어졌다
더 이상 책을 읽을 수가 없었다
돌아가려면 몇 분이 남았지?
곧 마지막 정차 역인데 내 앞에
킥보드를 끼고 잠든 저 아이 보호자는 누구지?
아무리 깨워도 아이는 죽은 듯이 차갑다
그 아이만 싣고 달리는 불 꺼진 지하철
바람 속을 놀아서 나는 어디로 가지?

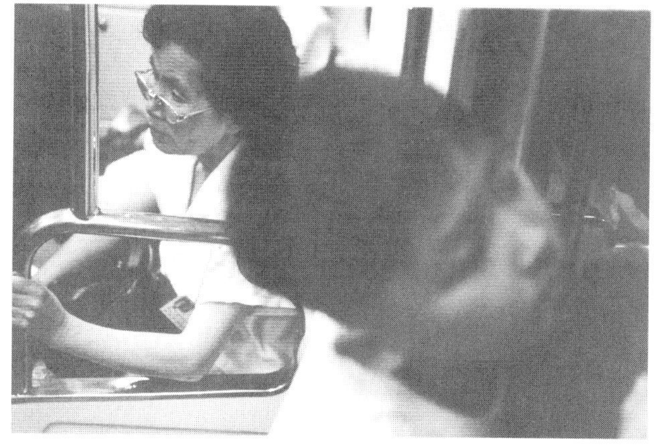

2001. 8.

인형 천국, 게임 천국, 취중 천국

여기가 정말 천국일까 싶어
게임기 속 인형처럼 눕고 싶지
게임기 속 엽기 토끼를 바라봤다
평생 돈 버는 일로 시름 하다 죽어갈 사람 닮았어
나든, 너든, 그 누구든 닮은 모습
내일도 일찍 일어나려면 자명종을 맞춰야겠지
똑같은 길을 걷고 똑같은 의자에 앉아 일을 하고
오후 세 시면 목마르겠지
엽기 토끼야
백합처럼 천천히 입술 벌려 웃어보렴
천의 몸뚱이, 천의 꿈과 천의 절망을 뚫고
자신을 바꿔가렴
막막한 바다가 막막하지 않게
남루한 생활이 남루하지 않게
게임처럼 멈출 수 없이 사라지는 나날
그 은밀하고 서글픈 향기에 취해
지금 여기가 천국의 밤인 줄 알게

지금 하고픈 말은 죄다 인용문 속에 있었다

하루걸러씩 내리는 비가 무섭다
지나치면 뭐든 겁나지 않는 게 있을까
된장을 풀어 따뜻한 국을 만들 듯
희망의 군불을 피워 젖은 옷, 젖은 몸을 말리고
팔을 뻗어 출구가 있는 쪽으로 흘러가지만
태양은 내 심장 속에 있고
꿈은 의자 위에서 쉬고 있다
비정규직 월급 봉투처럼 울적한 몸뚱이는
비에 젖어도 슬프지 않게
단단한 껍질을 구우며
홀로 중얼거린다
지금 하고픈 말은 죄다 인용문 속에 있다고

우리는 도시의 죽음을 두려워하다가
이제 죽음의 도시를 두려워하게 되었다
—피터 롱

감각이 마비되고 무력화 되어
세상 끝에 서 있다는 느낌을 피하기 힘들다

우리는 결코 오지 않을 버스를 기다려왔고
결코 짧아지는 법이 없는 줄 속에서 기다려왔다
—존 버드

동대문이라는 서랍장

—속도의 변화이자 갈등인 도시, 생존의 싸움터인
　도시는 광기이자 매혹이며 엄습하는 그림자

동대문에 서면 거대한 옷장과 마주한 기분이다
두타 건물, 밀리오레, 디자이너 클럽…… 을 돌다보면
서랍장을 뒤지고 나온 기분
내 몸이 서랍장이 된 기분

입에서 자꾸 옷들이 쏟아져 나온다
티슈처럼 뽑혀져 나오는 옷들
쓸데없는 말처럼 뽑혀진 셔츠 한 장
마지막 이 한 장으로
자신이 특별해진 환상에 젖어 잠시 시원해질까

이 매혹적인 생존의 싸움터도 지루해서
돈이 덜 드는 다른 생을 살고 싶어
느긋하게 이승의 눈물을 나르며
잃어버린 나무나 찾으러 나는 갈란다

곳곳에 쓰레기 장송곡이

이곳은 한마디로 돈다발이잖소
가슴이 떨리오 이 멋진 곳에 쓰레기 박물관을 세우면
어떨까 하오 부르주아 풀장 밑에 서민의 흙더미가 신음
하듯
깔끔한 무대 뒤에 쓰레기가 가득함을 기억하고 싶소
손 닿는 것마다 쓰레기로 만드는 놀라운 우리의 능력,
경이롭소
한때 큰돈이었던 쓰레기가 우리 운명을 결정할 거요

섹시하게 뻗은 자전거 타이어
소주병 속에 남은 외로운 갈망
비참하다 못해 비통한 음식 쓰레기
두 눈 부릅뜬 깡통들, 녹슨 폐차가 우울하오
바람에 날아가는 비닐봉지는 애절하지 않소
십 분 안에 당신도 장엄한 쓰레길 사랑하게 될 거요
불쌍한 쓰레기를 위해 음악을 연주하고 싶소
아침에는 바흐나 비틀스를, 저녁엔 장송곡을 들려주며
쓰레기 되는 기분을 맛보겠소 먹고 배설하는 일이 전부인
이곳에서 나도 언제 버려질까 두렵소

죽음은 양파 껍질 같아서

죽음은 끝이 아닐 거네
죽음은 양파 껍질 같아서
몸의 죽음만 벗겨내는 거네
몸만 떠나는 거네
누구는 저승으로 이사 가는 거라 하고
누구는 여행 가는 거라 하네

눈물을 남기고 떠나는 거지
지구도 한 방울의 눈물이듯
무덤이란 눈물
자식이란 눈물
몸은 다 쓰고
이 세상에 가장 사무치고
예쁜 눈물을 남기는 거네

너무 슬퍼하지들 말게
죽음은 양파 껍질 같으니

록카페의 흐린 불빛 속에서

록카페의 흐린 불빛 속에서
그의 실루엣이 흔들거린다
동성애자인 그가 애인의 사진을 보여준다
사진을 보자 왜 침실부터 떠오르는지 모르겠다
밀가루 반죽을 주무르듯
서로의 알몸을 만지는 모습이
사람의 상상은 때때로 육욕의 상상이다
이승에서 가장 아름다운 건축물인
사랑하는 몸이 꼭 이성이어야 되는 법은 없지
남자 여자의 경계도 육신의 껍데기일 뿐
가족과 연인, 성의 경계선이 무너지는 일이
이젠 놀랄 일도 아니다

록카페의 흐린 불빛 속에서
그가 작아져간다 커져간다
그의 가슴, 그의 목, 그의 허리가
안개처럼 꿈틀댄다
애인과 포옹을 한 채 멀어진다

V

너는 약해도 강하다

이사

일 층 벽마다 더덕더덕 붙은 구직 광고
나도 가슴 떨며 붙인 글짓기 교실 광고
이러다 굶어 죽으면 어쩌나 고민 많던 시절

가난에 순응하게 만든 아름다운 것이 있어
매미 잡는 아이들이
바람 불면 파란 풍선처럼 날아갔어
날다가 다시 풀밭을 굴러 갔어
키 큰 해바라기는 기린처럼 걷고
빨랫줄의 기저귀는 나처럼 하얘보시지
펄럭이며 하하하 웃곤 했어

눈보라같이 날리는 벚꽃과 은행나무를 안고
오래된 종처럼 울던 잠실 주공 아파트
이제 떠나야 해 또 철새처럼 이사 가야 돼
겨울이 따뜻할 집
언 하수구를 여덟 번 깨지 않을 집
자동 온수가 나올 다세대주택으로
내가 이름 지어준 푸른 주택으로

바다를 보면 바다를 닮고

바다를 보면 바다를 닮고
나무를 보면 나무를 닮고
모두 자신이 바라보는 걸 닮아간다

멀어져서 아득하고 아름다운
너는 흰 셔츠처럼 펄럭이지
바람에 펄럭이는 것들을 보면 가슴이 아파서
내 눈 속의 새들이 아우성친다
너도 나를 그리워할까
분홍빛 부드러운 네 손이 다가와 돌려가는
추억의 영사기
이토록 함께 보낸 시간이 많았구나
사라진 시간 사라진 사람

바다를 보면 바다를 닮고
해를 보면 해를 닮고
너를 보면 쓸쓸한 바다를 닮는다

2001. 신천

서른아홉, 나는 무얼 찾지?

곧 서른아홉이 될 거야
아직 젊은 몸이 사라지는 걸 느껴
냉장고 속 천천히 썩어가는 상추처럼
몸속에서 빨간 해가 빠져나가지
서른아홉으로 가는 내가 무얼 찾지?
길동무, 짚단처럼 편하고 짐스럽지 않을 사랑을
우산, 외투, 냉면이 주는 사소한 즐거움을
우리는 잃어버리고 새로운 뭔가를 찾느라
생애의 대부분을 낭비한다
그건 투자고 집념이다
뭐가 뭔지 모를 습관이다
찾는다는 건 기다린다는 말
힘써 지킨다는 말
나는 너를 찾아, 나를 사람이게 하는
나를 살아남게 하는 부드러운 것
반딧불, 메밀꽃, 드넓은 개펄을 닮은 것
또 무얼 찾고 버려야 하나?

불행은 언젠가 잘못 보낸 시간의 보복

낡은 노트가 책장에서 떨어졌다
"불행은 언젠가 잘못 보낸 시간의 보복"
나폴레옹의 이 말은 십 년 동안
내 머릿속을 돌아다니는 송곳이었다

지난 생의 노트를 북북 찢고 어두운 벌판을 오래 떠돌았다
계속 흘러내리는 괴로운 기억의 계단과
입에 밀어 넣는 수면제 바위와
병원의 냄새는 수없이 목매고 싶게 했다
열심히 살지 못한 날들
실패가 청춘의 곡간(穀間)을 망가뜨린 날들
꼭 실패로만 느껴져 슬퍼한 날들
치열한 반성이 없어 허물이 허물인지를
불행이 불행인지를 깨닫지 못한 날들
쇠창살 같은 젊음의 오만한 이빨들

왜 뒤늦게 깨닫는가 상처는 스스로 만든 족쇄였음을
아픔은 의지가 약한 자의 엄살은 아닌가
그래도 내 아픔의 고압선은 풀지 않으리

잃기 싫어서 우스워서 나만 아픈 것이 아니어서
누가 내게 욕설의 총탄을 퍼부을 수 없나
후회가 두려워 일부를 지웠다
오직 기록한 것만 살아 있는 것일까
살아 있다는 것은 착각이 아닐까

평화의 빵 나무를 위하여

사랑으로 물들일 시간에
대지는 전쟁으로 핏물 드는구나
평화의 빵 나무를 흔들며
우리의 김선일이,
이라크 아이들이 구슬피 울어
죽어서도 죽지 못할 공포에 몸부림치네

슬픈 철조망을 거두어
벚꽃이 산수유에게 꽃잎 날리듯
뉴욕 시민이 바그다드 시민에게
사랑 전하는 얘길 듣고 싶어
살상용 포탄보다 사랑의 포옹을 나누는 얘기
미쳐 날뛰는 전쟁의 왕들이
모성을 되찾고 부드러운 손길 되찾는 얘기
가엾은 주검 파헤쳐 몸을 돌려주리
차디찬 가슴에 숨결 불어넣고
멈춘 시간의 분침도 돌려놓고
못 다한 꿈도 심어주고
당신들을 사랑한단 말을 들려주리

해질녘에 아픈 사람

—사랑의 인사

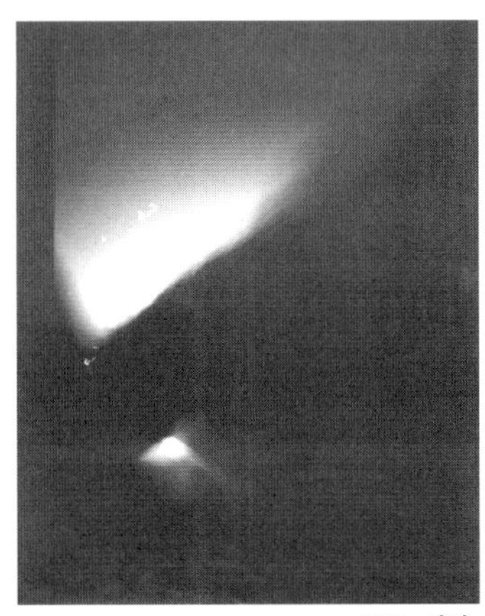

2000. 이천

아주 오래전에 목성을 보고
너무 아름다워 울었다는 사람이 생각나요
그 후 저 하늘 너머는 어떨까 궁금했어요
우주의 질서가 뱀처럼 똬리 틀고
이렇게 은밀히 별들과 연결됐다니, 흥미롭군요

운명선을 닮은 비행선이
저 멀리 흰 신을 그으며 사라지네요
별점 보고 돌아가는
안국동의 해질녘

찰나의 내 육체
시골 길 골목길 아스팔트 길 고행 길
길이란 길 모두 맛보며
내 몸속에 사는 사자랑 달이랑 꽃게랑 노래하고
이승의 슬픔을 흔들며 어여쁜 추억의 한지를 쌓을게요

당신이 잘 지내길 빕니다

사랑은 변하여도 사랑이다

네가 티슈에 써준 시를 보며
'사랑은 변하여도 사랑이다'에 한참 머뭇거린다
그래, 막 구워낸 빵과 식어서
나무처럼 딱딱한 빵도 여전히 빵이다
'피차 사랑하라' 외치며
식은 빵 따순 빵 케익빵이 내게 쏟아진다
하늘과 땅에서 내 옆구리에서 빵이 구워져 나온다

이천십년이 되고 삼천년이 돼도
그 빵을 먹고 처치 곤란한 기운으로
나의 모두에게 애정을 기울여도
외로움은 보험처럼 남을 것이다

너도 그 누구도 때론 슬픔으로 다가오지만
고장 난 시계를 고치며
사람들의 바다에 가장 아름다운
고래 한 마리 띄울 것이다

너는 약해도 강하다

쉬잇, 가만히 있어봐
귀를 창문처럼 열어봐
은행나무가 자라는 소리가 들리지
땅이 막 구운 빵처럼 김 나는 것 보이지
으하하하하, 골목길에서 아이 웃는 소리 들리지
괴로우면 스타킹 벗듯 근심 벗고
잠이 오면 자는 거야
오늘 걱정은 오늘로 충분하댔잖아

불안하다고?
인생은 원래 불안의 목마 타기잖아
낭떠러지에 선 느낌이라고?
떨어져 보는 거야
그렇다고 죽진 말구
떨어지면 더 이상 나빠질 것도 없어
칡넝쿨처럼 뻗쳐오르는 거야
희망의 푸른 지평선이 보일 때까지
다시 힘내는 거야

신현림

1961년 경기도 의왕에서 태어났다.
아주대 국문과를 졸업하고 상명대 디자인 대학원에서 사진학과 순수사진을 전공했다.
시집 『지루한 세상에 불타는 구두를 던져라』, 『세기말 블루스』, 『해질녘에 아픈 사람』,
『침대를 타고 달렸어』, 『반지하 앨리스』, 치유 성장 에세이 『내 서른 살은 어디로 갔나』,
사진 에세이 『나의 아름다운 창』, 미술 에세이 『신현림의 너무 매혹적인 현대미술』,
박물관 기행 산문집 『시간 창고로 가는 길』, 동시집 『초코파이 자전거』,
역서 『러브 댓 독』, 『비밀 엽서』, 『포스트잇 라이프』 등이 있다.

해질녘에 아픈 사람

1판 1쇄 펴냄 2004년 7월 10일
1판 10쇄 펴냄 2019년 4월 25일

지은이 신현림
발행인 박근섭, 박상준
펴낸곳 (주) 민음사

출판등록 1966. 5. 19. 제16-490호
서울특별시 강남구 도산대로1길 62(신사동)
강남출판문화센터 5층(우편번호 06027)
대표전화 02-515-2000 / 팩시밀리 02-515-2007
www.minumsa.com

ISBN 978-89-374-0724-6 03810